MISS GEGENTEIL

Roger Hargreaves

AF288944

Rieder Bilderbücher

Miss Gegenteil tat immer genau das Gegenteil von dem, was man erwartete.

Wenn man sie zum Beispiel darum bat, den Fernseher anzuschalten, dann schaltete sie das Licht an.

Oder wenn man sie nach der Uhrzeit fragte, sagte sie einem das Datum.

Und sie sagte immer das Gegenteil von dem, was sie wirklich dachte!

Aber eigentlich …

… konnte sie gar nichts dafür.

Vielleicht kam das ganze Problem daher, dass sie in einem Land namens Wirrland lebte und dort ist alles so arg durcheinander und verdreht, dass man nicht einmal weiß, ob man gerade kommt oder geht.

Oder „kemmt oder goht", wie die Wirrländer sagen.

Das ist vielleicht ein seltsamer Ort!

Die Würmer in Wirrland leben nicht in Erdlöchern, sondern auf Bäumen!

Dafür wohnen die Vögel in den Erdlöchern!

Und wenn man einen Laib Brot kaufen will, bekommt man den nicht beim Bäcker, sondern beim Metzger!

Die Bäcker verkaufen stattdessen Bananen!

Eines Morgens saß Miss Gegenteil beim Frühstück.

Es gab Rinderbraten mit Kartoffelklößchen.

Da klopfte es an der Tür.

Miss Gegenteil hatte es zuerst gar nicht gehört, denn es war ein sehr zaghaftes Klopfen.

Tap … tap … tap.

Aber als sie sicher war, dass es geklopft hatte, ging sie zur Tür und schaute nach.

Sie öffnete die Tür.

„Hallo", piepste ein kleines Stimmchen.

Miss Gegenteil schaute nach unten. Sie beugte sich weit hinunter und da stand Mister Klein. Er lupfte seinen Hut zum Gruß und piepste noch einmal „Hallo".

„Auf Wiedersehen!", sagte Miss Gegenteil und lächelte ihn an.

Mister Klein schaute verstört. (Das kann man ja auch verstehen.)

„Ich wollte fragen, ob Sie mir vielleicht helfen können?", piepste er.

Miss Gegenteil lächelte ihn wieder an. „Das kann ich natürlich nicht!", sagte sie.

„Ach herrje", sagte Mister Klein. „Wissen Sie, ich bin ratlos!"

„Aha", meinte sie, „nett, Sie kennenzulernen, Mister Ratlos, aber …"

„Halt! Nein!", rief Mister Klein. „Ich suche eine gewisse Miss Gegenteil!"

„Das sind doch Sie!" Miss Gegenteil lachte.

„Ich soll ihr einen Brief überbringen", sagte Mister Klein.

„Zu dumm, dass mich nie jemand anruft!", erwiderte Miss Gegenteil.

„Ich glaube, ich gehe jetzt besser", meinte der völlig verwirrte Mister Klein. „Auf Wiedersehen!"

„Hallo", antwortete Miss Gegenteil und schloss die Tür.

Mister Klein machte sich kopfschüttelnd auf den Heimweg.

Der Brief kam von Mister Glücklich. Es war eine Einladung zu seiner Geburtstagsfeier.

Mister Glücklich hatte Miss Gegenteil noch nie getroffen, aber schon eine Menge über sie gehört und deswegen wollte er sie gerne bei seiner Party dabeihaben.

Die Einladung war für Dienstag, den 14. März um 15 Uhr.

Am Montag, den 13. März um 13 Uhr klopfte Miss Gegenteil bei Mister Glücklich an der Haustür.

„Frohe Weihnachten!", rief sie und drückte Mister Glücklich ein Paket in die Hand.

Mister Glücklich verstand die Welt nicht mehr. „Wer sind Sie denn?", fragte er.

„Ich bin Miss Sonnenschein!", erwiderte Miss Gegenteil.

„Nein, die sind Sie ganz sicher nicht!", versetzte Mister Glücklich. „Ich kenne Miss Sonnenschein sehr gut. Sie ist das glatte Gegenteil von Ihnen!"

Da wurde er plötzlich stutzig und überlegte.

„Ah", rief er. „Ich glaube, ich weiß, wer Sie wirklich sind! Sie sind Miss Gegenteil, nicht wahr? Ich habe schon gehört, dass Sie immer von allem das Gegenteil sagen und auch tun!"

„Kommen Sie doch herein", sagte Mister Glücklich.

„Nein, danke", erwiderte Miss Gegenteil lächelnd.

Mister Glücklich führte sie in sein Wohnzimmer.

„Was für ein grauenhafter Raum!", meinte sie.

Mister Glücklich grinste. Allmählich wurde ihm klar, dass alles, was er über Miss Gegenteil gehört hatte, tatsächlich stimmte.

„Hätten Sie gerne eine Tasse Tee?", fragte er.

„Ich kann mir nicht vorstellen, was ich im Moment weniger gerne möchte", sagte Miss Gegenteil.

Mister Glücklich ging schmunzelnd in die Küche und setzte Teewasser auf.

Nachdem sie zusammen Tee getrunken hatten, stellte Mister Glücklich Miss Gegenteil seinen Freunden vor.

Er musste ihnen allen zunächst erklären, dass sie immer das genaue Gegenteil von ihrer echten Meinung sagte.

„Herrje, sind Sie mager!", sagte sie zu Mister Vielfraß.

„Sie haben vielleicht kurze Arme!", sagte sie zu Mister Kitzel.

„Ihr Bart gefällt mir!", sagte sie zu Mister Pingelig.

„Nun", sagte sie schließlich, „danke für diesen perfekten Nachmittag! Ich muss jetzt nach Hause, bevor es hell wird!"

„Perfekt?", wunderte sich Mister Glücklich.

„Perfekt misslungen!", meinte sie.

Und weg war sie.

„Oh, Mann", grunzte Mister Vielfraß. „Du kennst ja echt komische Leute!"

„Das kannst du laut sagen", meinte Mister Glücklich lachend.

„DU KENNST JA ECHT KOMISCHE LEUTE", wiederholte Mister Vielfraß ganz laut.

Mister Glücklich grinste und ging nach Hause.

Wieder zu Hause, erinnerte sich Mister Glücklich an das Päckchen von Miss Gegenteil.

„Es wird wohl ein Geburtstagsgeschenk sein“, murmelte er und ging rasch zu dem Platz, wo er es abgestellt hatte. Er machte es auf. Und wirklich waren ein Geschenk und eine Geburtstagskarte darin. Mister Glücklich klappte die Karte auf.

Und da stand:
„ICH WÜNSCHE DIR GANZ VIEL PECH!“

Und wollt ihr wissen, was das Geschenk war?

Ein Paar Socken!

Na ja …

Eigentlich kein PAAR Socken …

Eine Socke war weiß! Und die andere schwarz!

Und, wie Miss Gegenteil jetzt sagen würde:
„Das ist der Anfang der Geschichte!"